C. H. Schöffer

Vortrag über die Geschichte der Stadt Gelnhausen gehalten in der Jahres-Versammlung des Vereins für hessische Geschichte und LandesKunde zu Gelnhausen am 13. Juli 1871

Antigonos

C. H. Schöffer

Vortrag über die Geschichte der Stadt Gelnhausen gehalten in der Jahres-Versammlung des Vereins für hessische Geschichte und LandesKunde zu Gelnhausen am 13. Juli 1871

Unveränderter Nachdruck der Originalausgabe von 1871.

1. Auflage 2024 | ISBN: 978-3-38636-078-4

Antigonos Verlag ist ein Imprint der Outlook Verlagsgesellschaft mbH.

Verlag: Outlook Verlag GmbH, Zeilweg 44, 60439 Frankfurt, Deutschland
Vertretungsberechtigt: E. Roepke, Zeilweg 44, 60439 Frankfurt, Deutschland
Druck: Libri Plureos GmbH, Friedensallee 273, 22763 Hamburg, Deutschland

Vortrag

über die

Geschichte

der

Stadt Gelnhausen

gehalten in der

Jahres-Versammlung

des Vereins für hessische Geschichte und Landeskunde

zu

Gelnhausen am 13. Juli 1871

durch

Herrn **C. H. Schöffer** senior.

Gelnhausen.

Mit Erlaubniß des Verfassers gedruckt und herausgegeben von J. C. Sanda.

Vortrag

über die

Geschichte

der

 Stadt Gelnhausen

gehalten in der

Jahres = Versammlung

des Vereins für hessische Geschichte und Landeskunde

zu

Gelnhausen am 13. Juli 1871

durch

Herrn **C. H. Schöffer** senior.

Gelnhausen.

Mit Erlaubniß des Verfassers gedruckt und herausgegeben von J. C. Janda.

Geehrte Herren!

Schon im vorigen Jahr hat der Verein für hessische Geschichte und Landes-Kunde der Stadt Gelnhausen die Ehre erwiesen, sie zu seiner Jahresversammlung auszuwählen. Die Versammlung sollte stattfinden gleichzeitig mit der Jubiläumfeier des 700jährigen Bestehens von Gelnhausen als Stadt. Wir waren mit freudiger Begeisterung hier beschäftigt, die Vorbereitungen zu diesem schönen Doppelfest zu treffen, als unerwartet die freche Kriegserklärung Frankreichs dasselbe unmöglich machte

In diesem Jahre, meine Herren, erzeigen Sie uns die Ehre Ihres Besuchs auch ohne daß wir Ihnen ein Fest mit äußerem Prunk anzubieten im Stande wären, denn die reichen Mittel, welche die Gelnhäuser Bürgerschaft für dasselbe in ihrem frohen Patriotismus aufgebracht hatte, sie fanden die schönste anderweitige Verwendung, indem sie zur Unterstützung der Familien ins Feld gezogener Krieger benutzt wurden.

Können wir Ihnen heute auch nicht das bieten, was wir im vergangenen Jahr zu bieten die Absicht hatten, so empfangen wir Sie mit verdoppelter Herzlichkeit in unseren Mauern und wir Alle kommen zu dieser Jahresversammlung in einer gehobeneren Stimmung, als wir sie im vorigen Jahr dazu hätten mitbringen können. Wo immer sich jetzt eine größere Anzahl deutscher Männer zusammen findet, da muß es sich aussprechen, wovon Jeder erfüllt ist, der ein deutsches Herz im Busen trägt, ich meine die hohe, berechtigt stolze Befriedigung über die Ereignisse der für unser geliebtes Vaterland so großen Zeit, welche wir eben erlebt haben. Ohne allen Grund angegriffen von einem übermüthigen Nachbarvolk, dem der gelungene Raub deutscher Länder in früheren Zeiten, das Gelüste nach neuem Raub rege gemacht hatte, sahen wir unsere Nation in Zorn und edler Entrüstung sich erheben wie ein Mann. — Die kräftige Jugend- und Männerwelt eilte zu den Waffen und vereinigte sich in unglaublich kurzer Zeit zu einem Kriegsheer, wie in Zahl und Stärke und tüchtiger Organisation die Weltgeschichte kein Beispiel darbietet. — Wer von uns, erinnert sich nicht mit Hochgefühl jener erhabenen Zeit des Auszugs, wo die Aeltern, wenn auch unter Thränen, doch freudig, ihre Söhne in den Krieg sandten, die Gatten sich von Frau und Kindern losrissen, um dem blutigen Waffenspiel entgegen zu treten und die Zurückbleibenden wetteiferten in freudiger Opferwilligkeit, überall sorgend für die

Bedürfnisse der Armee und ihrer hinterbliebenen Familien. — Die ganze Nation von der Ostsee bis zu den Alpen, alle die vielen Bruderstämme, waren von edelem Wetteifer erfüllt für das Vaterland. Aller Hader und Streit, welcher so lange Deutschlands Stämme unter einander getrennt hatte, hörte auf und es war ein erhabenes Schauspiel anzusehen, wie Alle, Alle, ohne Ausnahme brüderlich und begeistert zusammenwirkten, wo es der höchsten Güter des Lebens galt, wo die Ehre, die Freiheit und Unabhängigkeit des Vaterlandes auf dem Spiel standen. Ein Volk aber, das sich in der Stunde der Gefahr so groß zeigt, kann auf Gott vertrauen! Deutschland hat in seiner Kraft auf Gott vertraut und Gott ist mit ihm gewesen! Noch nicht lange waren unsere Heere ausgezogen, so kamen schon die ersten Siegesnachrichten in die aufgeregte Heimath. Die tapferen deutschen Krieger schlugen und warfen den Feind, wo sie ihn trafen. Von der Vertheidigung ging es schnell zum Angriff über. In allen Schlachten, die geschlagen wurden, blieb unsere Nation Sieger, alle feindlichen Festungen eroberte sie, machte den feindlichen Kaiser und fast sein ganzes Kriegsheer, 400,000 Mann gefangen und brachte die stolze feindliche Hauptstadt, dieses Welt = Wunder als Stadt und Festung, zu endlichem Fall. Mit Erstaunen war die Mitwelt Zeuge dieser vorher unerlebten Großthaten. Man ist in Verlegenheit, wo man die größte Bewunderung zollen soll, ob der unvergleichlichen Tapferkeit der Soldaten, der Wunder, die sie verrichteten im Kampf sowohl als in Ertragung von Strapatzen aller Art, oder ob man noch mehr die Weisheit der Führung bewundern soll, die Jeden an seinen richtigen Platz gestellt und in Verpflegung der Armee, wie Versorgung der Verwundeten eine Organisation geschaffen hatte, die sich als unübertrefflich ausgewiesen!

Alles war eben tüchtig und bewundernswerth.

Sehen wir Zeitgenossen, die doch Alles unter unsern Augen geschehen sahen, mit so großem Staunen nach allen jenen Großthaten hin, deren Zeuge wir waren, um wie viel größer wird das Staunen der Nachwelt sein? Die Geschichtsblätter, auf denen die Ereignisse dieser großen Zeit niedergeschrieben werden, sind gewiß einmal das Lieblingsstudium der Geschichtsforscher, die nach uns kommen und nach Jahrhunderten wird die deutsche Jugend noch von dem nämlichen Gedanken dabei begeistert werden, welcher heute unsere Brust sich hoch erheben läßt, den Gedanken:

Es war **unsere Nation, die so Großes verrichtet hat!**

In diesem Riesenkampf ist unendlich viel Blut geflossen und Tausende der bravsten Söhne Deutschlands sollten die traute Heimath nicht wieder=

sehen und abermals Tausende derselben sind verstümmelt wiedergekehrt! die Wehmuth ob dieser großen blutigen Opfer kann nur durch den Gedanken gelindert werden, daß sie nicht umsonst gebracht sind.

Deutschland ist aus diesem Krieg mit hohen Ehren, und ungeheuren Vortheilen hervorgegangen!

Die gemeinsame Gefahr hat alle Stämme des großen Vaterlandes geeinigt. Der hochverehrte Heldengreis, welcher an der Spitze Aller, als König von Preußen in den Krieg gezogen, ist als deutscher Kaiser wiedergekehrt und die früher geraubten Provinzen sind wieder zu Deutschland zurückgebracht, das geliebte Vaterland nimmt in der Welt eine größere Stellung ein als je zuvor. Wenn die Verstorbenen einen Einblick haben in die Dinge dieser Erde, dann wird der glorreiche Kaiser Friedrich Barbarossa, dessen Fußstapfen den Boden adelten, auf dem wir uns befinden und von dessen Wirken hier noch heute so viele Zeugen sprechen, dann wird der große Kaiser seine Freude haben an der stattgefundenen Umgestaltung in seinem alten Reich.

Möge der endlich wiedergekehrte Frieden dauernd sein, damit Deutschland im steten Wachsen und Gedeihen auch nachhaltig die Früchte dieser seiner großen Zeit in Ruhe genießen kann.

Erlauben Sie, daß ich nach diesen Betrachtungen, welche mir für unser Aller Gefühl geboten erschienen, zu meiner eigentlichen Aufgabe übergehe, Ihnen Einiges über die Geschichte meiner Vaterstadt mitzutheilen.

Die Gründung von Gelnhausen fällt in eine graue Vorzeit, die mit Sicherheit nicht zu bestimmen ist. Die Volkssage, daß Kaiser Friedrich Barbarossa die Stadt gegründet und ihr nach einer Geliebten seiner Jugend, der schönen Gela, den Namen gegeben habe, hält vor der ernsten Geschichtsforschung nicht Stand, denn es steht fest, daß Gelnhausen lange vor diesem Kaiser gewesen ist. Das ganze blühende Land zwischen Kinzig und Nidda war ursprünglich deutsches Königsgut und wurde von erblichen Burggrafen verwaltet, die in des Kaisers Namen Recht sprachen, hier in Gelnhausen ihren Sitz hatten und sich nach ihrem Amt Grafen von Gelnhausen nannten. Es muß ein sehr angesehenes Geschlecht gewesen sein, denn wir finden lange vor Barbarossa seine Mitglieder in der nächsten Umgebung der deutschen Kaiser. Urkundlich steht fest, daß im Jahre 1108 das Kloster in Selbold durch den Grafen Dithmar von Gelnhausen gegründet wurde, nachdem bereits früher das Kloster auf dem Berge bei

Gründau und im Jahre 1105 das Nonnenkloster zu Meerholz durch die Gräfin Gisla von Gelnhausen gestiftet worden war.

Noch im Jahre 1151 wird ein Graf von Gelnhausen urkundlich genannt und dann scheint dieses Geschlecht ausgestorben zu sein, denn der Name kommt später nicht wieder vor.

Viele haben angenommen, daß die Burg dieser Grafen auf dem Berge über der Stadt gestanden hätte, weil dieser Berg noch heute am Schlößchen genannt wird.

Es finden sich aber an dieser Stelle weder über noch unter der Erde irgend welche Ueberreste von Mauerwerk, wodurch diese Annahme bestätigt würde. —

Unzweifelhaft ist die noch vorhandene Kaiserburg auch schon der Sitz der Grafen von Gelnhausen gewesen.

Ebenso wie competente Baukundige die Entstehung der Peterskirche, sowie den Glockenthurm der Pfarrkirche in eine viel frühere Periode verlegen als Barbarossa's Lebzeiten, so erklären sie, daß der eigentliche prachtvolle Saalbau innerhalb der Burg viel später entstanden sei, als deren massive Thürme.

Man wird der Wahrheit am Nächsten kommen, wenn man voraussetzt, daß Kaiser Friedrich bei einem Besuch dieses Kammerguts, angezogen von der lieblichen Natur, der gesunden Luft und der ausgedehnten Jagdgründe hiesiger Umgegend, den Entschluß faßte, sich in den Ringmauern der alten Burg eine neue kaiserliche Wohnung erbauen zu lassen. Noch heute zeugen deren Ruinen von des großen Kaisers hohem Kunstsinn und werden noch in späteren Jahrhunderten als eine Perle unter den Baudenkmälern des früheren Mittelalters bewundert werden. Die Sage aber, welche den volksthümlichen Kaiser als ersten Gründer von Stadt und Burg zugleich gelten lassen will, ist durch diesen Neubau und' dadurch entstanden, daß der Kaiser den damals gewiß schon sehr volkreichen Ort, wirklich zur Reichsstadt erhoben hat und die Verwechselung der Namen Gisla mit Gela, bei der uralten Kapelle, die noch heute vor dem Holzthore steht und gewiß zu den allerältesten Gebäuden der Stadt gehört, trug ebenfalls dazu bei.

Die Erhebung zur Reichsstadt erfolgte im Jahre 1170 und der erste Freibrief, der im lateinischen Text vorliegt, ist aus der kaiserlichen Burg vom 25. Juli dieses Jahres datirt.

Um diese Zeit ist somit der Bau des Reichssaals vollendet gewesen. Der Entschluß zum Bau ist wohl in die Zeit zu versetzen, als der Kaiser von seinen großen lombardischen Siegen nach Deutschland zurückgekehrt war. — (1163)

Gelnhausen wurde der Lieblingsaufenthalt des hohen Herrn, sehr oft hielt er hier seinen Hof, mehrmals wurde der deutsche Reichstag hier zusammen gerufen und hier wurde der große Welfen = Herzog Heinrich der Löwe in die Reichs = Acht gethan, auch wichtige Beschlüsse gegen den Papst gefaßt.

Angezogen von der kaiserlichen Residenz siedelten sich viele adelige Geschlechter in der neuen Reichsstadt an, während im Schutze der zu jener Zeit sehr werthvollen kaiserlichen Privilegien, die Gewerbe, wie der Wein und Ackerbau mächtig in Blüthe kamen. Das Siegel, welches die Stadt 633 Jahre lang geführt hat, zeigt nebeneinander die Bilder des Kaisers und der Kaiserin und hat einen artigen Ursprung. Nach der Erhebung zur Reichsstadt zogen die glücklichen Bürger hinaus zur Burg, dem Kaiser zu danken und um das Siegel für die neue Stadt zu bitten!

Da trat der Kaiser, die Kaiserin an der Hand hervor mit den Worten: Nehmt, was Ihr seht!

Die alten Gelnhäuser aber legten einen hohen Werth auf dieses also erworbene Stadtsiegel und es erregte großen Unwillen, als es bei Gelegenheit der Annection Seitens Kurhessens abgeschafft werden mußte.

Gelnhausen erreichte im 13 ten Jahrhundert seine höchste Blüthezeit. Der kostbare Neubau des östlichen Theiles der Pfarrkirche, dessen wunderbar schöner Styl die Kirche zum Wallfahrtsort für die Künstler macht, fällt in die erste Hälfte desselben und zeugt für den damaligen Reichthum der Stadt. Leider sind die Hoffnungen auf die hoch nothwendige Reparatur dieser Kirche aus Staatsmitteln neuerlich ins Stocken gerathen.

Ein Theil der kostbaren alten Glasmalereien ist in 1804 auf Befehl des Kurfürsten in der Stille verschleppt worden und sollen sich noch in Niederhessen befinden.

Es wäre eine schöne Aufgabe für unseren Verein, meine Herren, Nachforschungen anzustellen, um der Kirche wo möglich wieder zu dem Ihrigen zu verhelfen.

Nach Friedrich I. Tod residirte sein Sohn Heinrich VI. oft in Gelnhausen, Friedrich II. hielt hier in 1216 seinen Hof und König Heinrich VII. von 1227/1231 alljährlich längere Zeit.

Im Jahr 1252 schloß Gelnhausen mit den Städten Frankfurt, Wetzlar und Friedberg den Bund der wetterauischen Städte.

Zu jener Zeit waren die vier Städte von ziemlich gleicher Bedeutung.

Der Hauptzweck des Bundes war, ihren Handel gemeinsam gegen das Unwesen zu schützen, welches der zahlreiche Raubadel zu jener Zeit im deutschen Reiche trieb. Aber der Bund hatte auch politische Zwecke, denn er verpflichtete die Städte untereinander, keinen Kaiser anzuerkennen und in ihren Mauern aufzunehmen, dessen Wahl durch einen Gegenkaiser bestritten wurde. Dieser Bund wurde oft erneuert und dauerte lange. Im Jahre 1382 ist er, unter Begünstigung König Wenzels, dem großen deutschen Städtebund beigetreten, der nach diesem Zutritt 72 Städte umfaßte.

Im Jahr 1255 kam König Wilhelm von Holland nach Gelnhausen, in 1274/1298 Rudolph von Habsburg, 1309 Kaiser Heinrich der VII. und in 1317/1320 Ludwig der Bayer.

Alle Kaiser bestätigten die Privilegien der Stadt, gaben ihr neue Gunstbeweise, jedoch mit der Regierung Carls IV. schmachvollen Andenkens sollte ihr Stern erbleichen.

Es war im Jahr 1349, als dieser Kaiser, um sich seines Gegners Günther von Schwarzburg zu entledigen, diesem oder vielmehr seiner Sippe die Reichseinkünfte in vielen Städten, unter diesen Stadt und Burg Gelnhausen für 5000 Mark Silber verpfändete.

Zwar sollten alle Rechte und Freiheiten erhalten bleiben und nur ein Amtmann eingesetzt werden zur Erhebung der Gefälle; die Stadt wohl wissend, wie schlimm es mit den Verpfändungen zu geschehen pflegte, weigerte sich lange dem Kaiser zu willfahren und that es erst, als er auf sein kaiserliches Wort versprach, die Verpfändung solle nur ein Jahr dauern und wenn sie in dieser Frist nicht abgelöst sei, dann wolle er, der Kaiser selbst in eine der Wetterauer Städte einreiten und seine kaiserliche Person zum Pfand setzen bis zur erfolgten Einlösung.

Weder das Eine noch Andere hat je stattgefunden, Gelnhausen blieb verpfändet bis zur Auflösung des deutschen Reichs, die Pfandschaft vererbte auf Churpfalz und die Grafen von Hanau und kam von Letzteren an die Landgrafen von Hessen-Cassel.

Die Verpfändung führte zu schlimmen Verwicklungen, — die Pfandherren wollten sich nicht mit ihrem Recht auf Einziehung der kaiserlichen Gefälle genügen lassen, chicanirten die Stadt und trachteten nach politischer Ausbeute ihrer Stellung, während das Interesse der Reichsregierung von den verpfändeten Städten abgelenkt wurde, weil da nichts mehr für sie zu holen war.

Die Kaiser kamen nicht mehr nach der verpfändeten Stadt, ihr Wohlstand ging zurück und die Reichsburg gerieth in Verfall. Nur Kaiser Siegismund nahm sich derselben in 1414 nochmals an, kam selbst hieher, wies die Pfandherrn in ihre Gränzen und ordnete Reparaturen an den baufälligen Burggebäuden an, aber er konnte den Verfall nicht aufhalten. Er war der letzte Kaiser, welcher nach Gelnhausen kam und mit dem Glanz der Stadt war es vorbei. Zwar stritt sie mannhaft für ihre Unabhängigkeit, blieb auch noch Jahrhunderte eine freie Reichsstadt, wurde aber immer machtloser und unbedeutender.

Als beim Ausbruch eines Türkenkrieges Stadt und Burg Gelnhausen angeschrieben wurden als Reichsglieder ihr Contingent zur Armee zu stellen, da antworteten sie kläglich dem Kaiser:

sie seien zu arm und heruntergekommen, um irgend welche Rüstung machen zu können, allein sie wollten um so fleißiger beten für den Sieg der kaiserlichen Waffen.

Zur Zeit der Reformation nahm die Stadt frühzeitig den neuen Glauben an. Die Klöster wurden aufgehoben und das Nonnenkloster Himmelau, welches sich widersetzte, wurde von den Bürgern der Erde gleichgemacht, seine Güter eingezogen.

Zu Mitte des 16 ten Jahrhunderts waren schon lutherische Geistliche hier. Sie erhielten vom Rath eine Besoldung von fl. 84 an Geld, 20 Malter Korn, 4 Fuder Stroh und 3 Fuder Wein von der Kelter weg. In 1568 herrschte hier die Pest und richtete solche Verwüstungen an, daß der Rath für gut fand, Vorschriften zu machen, wie die Leute leben sollten; auch wurde in Meister Daniels ein Stadtarzt angestellt mit fl. 10 Gehalt und dem Versprechen einer Extragratification nach beendigter Pest von fl. 2 an Geld, einer Ohm Wein und 2 Malter Korn. Die Heimsuchung der Pest scheint im hohen Grad den Aberglauben befördert zu haben.

Von jener Zeit an bis zum Jahr 1605 wimmelt die Raths-Chronik von Hexenprozessen.

Die armen Opfer dieses finstern entsetzlichen Wahns wurden gefoltert und nachdem sie durch die übermäßigen Schmerzen Alles gestanden hatten, was ihnen der Inquisitor in den Mund legte, wurden sie auf dem Aescher verbrannt. Der noch stehende Hexenthurm war ihr Gefängniß.

Der 30 jährige Krieg, welcher von 1618 bis 1648 ganz Deutschland verheerte, hat auch Gelnhausen schwer mitgenommen. Die Schweden und die Kaiserlichen kämpften um den Besitz der Stadt und waren abwechselnd ihre Herren. Beide Partheien hausten gleich entsetzlich und bei Beendigung des Krieges war die Stadt zum größten Theil zerstört und ihrem völligen Ruin nahe gebracht. In dem für die deutsche Literatur so wichtigen Buche Simplicissimus, dessen Verfasser von Grimmelshausen, ein geborner Gelnhäuser war, findet sich die Beschreibung dieses Zustandes. Sie war von da ab nur noch ein ganz hülfloses Gemeinwesen, allein dennoch wußte sie ihre Unabhängigkeit gegen ihre Pfandherren und Dränger, die Grafen von Hanau zu vertheidigen.

Die Belästigungen und Chicanen von dieser Seite, welche angewandt wurden, um die Stadt zur freiwilligen Aufgabe ihrer Selbstständigkeit zu bewegen, nahmen kein Ende. In 1702 ging das so weit, daß den Ziegelhäusern (Bewohnern der Vorstadt) zu wiederholten Malen bei nächtlicher Weile oder während des Gottesdienstes, durch Gerichtsbauern unter geheimer Anführung der hanauischen Beamten in Altenhaßlau, die Erndten auf dem Felde muthwillig vernichtet wurden. Dennoch blieben die Gelnhäuser mit einer Zähigkeit, die bewundernswerth ist, bei ihrem alten Rechte stehen und führten am Reichskammergericht in Wetzlar ihre Prozesse siegreich durch. Schon in 1736 ging durch Erbschaft die Grafschaft Hanau sammt dem Pfandrecht auf Stadt und Burg Gelnhausen, an die Landgrafen von Hessen-Cassel über, aber erst in 1803 wurden beide durch Reichsdeputations-Beschluß deren Staaten einverleibt.

Gelnhausen hatte somit 633 Jahre als freie Reichsstadt bestanden und obgleich das Wohl Deutschlands den Untergang der vielen kleinen reichsunmittelbaren Städte und Herrschaften, deren Dasein als Staaten unhaltbar geworden war, gebieterisch verlangte, so war der Schmerz der Bürgerschaft doch dabei ein sehr großer und äußerte sich in rührender Weise. Gelnhausen mußte sich aber der Gewalt unterwerfen und zwar an ein Fürstenhaus, welches der Stadt immer feindselig gegenüber gestanden hatte, und welches sich durch die brandmarkende That, des schnöden Verkaufs seiner Unterthanen an eine fremde Macht, den allgemeinen Haß zugezogen hatte.

Die Huldigung konnte nur durch scharfe Androhung von militärischer Exekution zu Stande gebracht werden und die größte Erbitterung blieb lange in den Gemüthern haften. Die despotische nur vom persönlichen Willen des Fürsten ausgehende Regierung war auch nicht geeignet, die neuen Unterthanen zu versöhnen. Für dieses Mal war das kurfürstliche Regiment über Gelnhausen nur von kurzer Dauer. In 1808 wurde die Stadt dem Großherzogthum Frankfurt einverleibt, jenem Vasallen-Staat, den der Unterdrücker Deutschlands gegründet hatte.

Mit Erröthen gedenkt jeder brave Deutsche jener Zeit der Schmach und Erniedrigung des Vaterlandes.

Jahre lang dauerte die Zeit der Unterdrückung und viele deutsche Fürsten schämten sich nicht, durch die Gunst des fremden Eroberers ihren Glanz zu erhalten oder zu vermehren. Tadelten wir soeben die Willkür des Kurfürsten Wilhelm I., hier aber zeigte er sich als deutscher Mann, denn er zog die Verbannung der Erniedrigung vor.

Abgesehen von dem Druck der nationalen Schmach, der auf ihr lastete, war die Regierung des Fürsten Primas Carl von Dalberg eine Milde zu nennen und die Gelnhäuser waren besser daran, als die Unterthanen des Königreichs Westphalen.

Im Jahr 1812 war die Stadt eine Hauptetappen-Station für den Feldzug nach Rußland und jetzt sollte sie Zeuge werden von dem ewig gerechten Walten der Nemesis. Sie sah die große französische Armee hier durchziehen im vollsten Glanz, in Uebermuth und Sieges-Sicherheit und ihre Trümmer kehrten durch diese Stadt nach Frankreich zurück, verhungert und verlumpt, Jammergestalten, die des Volkes Mitleid erregten.

Der Eroberer raffte die letzten Kräfte zusammen und sein nie bestrittenes großes Genie versuchte noch einmal den Kampf gegen das erzürnte Europa. In der Schlacht bei Leipzig fielen die Würfel zu Gunsten der Befreiung Deutschlands, zur Erlösung Europas und jetzt wurde Gelnhausen von einem Kriegsgetümmel erfüllt, wie es die Stadt nie zuvor gesehen hat. Man berücksichtige, daß die unten hergehende große Landstraße damals noch nicht bestand und die alte an dem Berg herführende viel enger war, als sie jetzt ist. An Stelle der großen jetzigen Oeffnung beim Haißerthor, stand noch die alte Stadtmauer und der Weingarten, das Paradies benannt, in alten Zeiten die Schanze zur Vertheidigung des Thors, sprang so weit vor, daß nur eine enge Straße blieb, an welche steil das Königsstück gränzte. Es war kein anderer Zugang um durch die Stadt zu kommen, als das enge, jetzt vermauerte Haißer Thor, von dem man in den sächsischen Städten sich das Maß halten mußte, um die Frachtwagen so zu beladen, daß sie hindurch konnten.

Nun hole man sich die enge durch die Weinberge führende Landstraße, die noch engere Thorpassage und die engen steilen Gassen der alten Bergstadt vor den Geist, dann mache man sich eine Vorstellung davon, daß hier die ganze bei Leipzig geschlagene französische Armee in wilder Retirade durch mußte und daß die alliirten Monarchen mit ihren Heeresmassen ihr auf dem Fuße folgten.

Noch leben viele Augenzeugen jener denkwürdigen Zeit und das Nachgeschlecht lauscht mit Staunen ihren Erzählungen.

Damals waren die Verbindungsmittel noch gar schlecht und durch den Krieg völlig unterbrochen.

So dauerte es sehr lange, bis sich in dumpfen Gerüchten die Nachricht von der großen Völkerschlacht verbreitete. In der Nacht des 27. Oktober 1813 erschien hier der russische General Tschernitscheff, welcher mit seinen Kosacken der Retirade den Vorsprung abgewonnen hatte und die Bürgerschaft empfing die bärtigen Alliirten mit Jubel; die Einwohner mußten in der Nacht hinaus, um vor dem Haißerthore die Straße unpassirbar zu machen, allein die französischen Colonnen waren schon in nächster Nähe, die Kosacken zogen sich zurück und der Tage und Nächte andauernde Durchzug der Franzosen begann. Hier muß eines strategischen Fehlers des baierischen Generals Fürst Wrede gedacht werden, welcher, statt die engen Pässe im Kinzigthal zu besetzen, seine Armee in der Ebene bei Hanau aufgestellt hatte.

Napoleon, welcher die Ortsgelegenheit besser kannte als der bayerische Feldherr, soll unterwegs als er erfuhr, daß die Pässe unbesetzt waren, ausgerufen haben: nous voilà à Paris.

Am 29. Oktober passirte Napoleon Gelnhausen und am 30. Oktober gewann er den Sieg über die alliirten Truppen bei Hanau, konnte sich nach Frankreich durchschlagen. In Gelnhausen hatten sich die Einwohner während der Retirade theils in den Kellern verborgen oder in die Wälder geflüchtet.

Wenn man bedenkt, daß die vielen Pulverwagen zwischen Bivouakfeuern in den Straßen der Stadt hindurch mußten und daß den noch militärisch geregelten Colonnen, Tausende von Marodeurs nachfolgten, wo alle Ordnung aufhörte, da ist es sehr zu verwundern, daß die Stadt an ihren Gebäuden nicht mehr Noth gelitten hat.

Es ist nur dadurch zu erklären, daß die noch geordneten Truppentheile selbst gute Polizei hielten und die Marodeurs Angst im Leibe hatten.

Nach der Retirade bot die Stadt einen entsetzlich traurigen Anblick dar. Obgleich nur unbedeutende Vorpostenscharmützel hier stattgefunden hatten, so lagen doch eine Menge Franzosen=Leichen umher. Krankheit und Erschöpfung ließen viele als Opfer fallen. Hier wie auf dem ganzen Zug, welchen die Retirade genommen hatte, entstanden epidemische Krankheiten und die Noth der Bevölkerung war groß.

Nach Vertreibung der Franzosen wurden die verbannten deutschen Fürsten wieder in ihre früheren Rechte eingesetzt, allein für die heldenmüthige Aufopferung des deutschen Volkes blieb die Belohnung aus, die

es erhofft hatte. Nur wenige Fürsten konnten sich von den alten An=
schauungen trennen und ihren Völkern die verfassungsmäßigen Rechte ein=
räumen, welche ihre Wohlfahrt in der veränderten Zeit erheischte.

Von Seiten des Kurfürsten war es die erste Regierungsmaßregel nach
seiner Zurückkehr, nicht allein seinen Soldaten, sondern auch der ganzen
Staatsmaschine wieder den alten Zopf anzuhängen.

Ein großer Vortheil war der Stadt Gelnhausen aus den Kriegszeiten
entsprungen. Napoleon hatte über hier führend für Kriegszwecke eine
Kunststraße anlegen lassen, welche der große Verkehrsweg wurde zwischen
den Rheingegenden, Sachsen und Preußen. Freilich bekam die gute alte
Zeit damit ihren Abschluß, wo die Gelnhäuser Wagner= und Schmiede=
zünfte gegen die Verbesserung des schrecklichen Straßenpflasters protestiren
durften, als ihrem Gewerbe nachtheilig. Der entstandene Verkehr brachte
in seiner mächtigen Zunahme wieder Wohlstand in die heruntergekommene
Stadt.

Auch die kurhessische Regierung wollte durch Verbesserung der Straße
helfen, griff es aber sonderbar genug an. In 1822/23 wurde die
alte Heerstraße oben am Berg durch die Weinberge hin beträchtlich er=
weitert. In der Stadt selbst war wenig zu thun, wollte man nicht ganze
Straßen umreißen. Die enge Pfarrgasse war nicht zu beseitigen, allein
um etwas auszuführen, wurde der dahinter liegende Kirchhof mit seinen
Gräbern und Monumenten demolirt, eine schöne Nachbildung des heiligen
Grabes, um 1490 von einem aus Palästina zurückkehrenden Adeligen
errichtet, abgebrochen, sammt einer großen Beinhauskapelle im romani=
schen Styl.

Nachdem dies Alles mit schweren Unkosten ausgeführt war, kam der
Regierung endlich der Gedanke, daß die Landstraße doch viel zweckmäßiger
unten am Fuß des Berges hergehen könnte und sie wurde alsdann da
angelegt, wo sie sich heute befindet.

In jener Zeit ist überhaupt in barbarischer Weise mit den alten
Baudenkmälern umgegangen worden. Schon früher war die Hospitals=
Kirche in eine Wagenremise umgewandelt worden, wozu sie noch heute
dient. Der ehrwürdige St. Petersdom, in welchem zu Barbarossas Zeiten
vor Eröffnung der Reichstage der Gottesdienst für Deutschlands Fürsten
abgehalten, wurde um ein Lumpengeld (fl. 900) verkauft, die schönen
Thürme sammt dem Chor abgerissen und der Rumpf in ein Wohnhaus
und zur Tabacksfabrik hergerichtet.

Die schöne im gothischen Styl erbaute Klosterkirche auf dem Obermarkt gelegen, wo jetzt das Schulhaus steht, wurde gänzlich abgebrochen, weil, wie man sagt, der hinter derselben wohnende damalige Herr Landrath Luft und Aussicht gewinnen wollte.

Dieses Gebäude war so außerordentlich solide, daß der Abbruch große Kosten und Mühe verursachte.

Von Baufälligkeit der Mauern war keine Rede und die Kirche war durch ihre Architektur eine Zierde des Marktplatzes. Ihr Verlust wurde um so empfindlicher, als sich sehr bald für den katholischen Gottesdienst das Bedürfniß einer Kirche herausstellte, welche letztere an der Stelle der Oekonomiegebäude des deutschen Hauses erbaut werden mußte.

Der Abbruch des Burgthores, wie des Rötherthores war dagegen nothwendig, denn sie hatten geringen architektonischen Werth und machten die daran gränzenden Stadttheile düster und dumpf, jedoch nicht diese Rück= sichten wurden der Anlaß ihrer Beseitigung sondern der Umstand, daß gerade bei einer Durchreise von Serenissimus ein großer Frachtwagen, dessen Führer von der hiesigen berechtigten Eigenthümlichkeit ohne Kennt= niß, sich bei dem Aufbau nicht an das Maß gehalten hatte, im Rötherthore stecken geblieben war und den Landesherrn aufhielt. Die herrlichen Ruinen der Kaiserburg waren lange Jahre hindurch ohne alle Aufsicht und wurden wie ein bequemer Steinbruch ausgebeutet und noch jetzt muß der kunst= sinnige Alterthumsforscher die schönsten Werkstücke der mittelalterlichen Steinmetzen in den geringsten Profanbauten aufsuchen.

Endlich aber tagte eine bessere Zeit. Die Regierung nahm die alten werthvollen Baudenkmäler in ihren besonderen Schutz. Der Burghof wurde mit großen Opfern von den Hütten, die sich darin eingenistet hatten und allem Unrath gesäubert und das noch Vorhandene durch bauliche Maß= regeln erhalten, mit Anlagen würdig verziert. Dies gereichte der vorigen Regierung zur Ehre, obwohl die Initiative dazu nicht von oben herab ausgegangen ist, sondern aus der Mitte dieses unseres Vereins für hes= sische Geschichte und Landeskunde.

Wir Gelnhäuser halten uns verpflichtet bei dieser Gelegenheit den würdigen Männern Dank und Anerkennung auszusprechen, welche sich mit so unermüdlicher Ausdauer der schönen belohnenden Aufgabe hingegeben haben.

Gelnhausen ist ein reiches Schatzkästlein von Ueberbleibseln des mit= telalterlichen deutschen Kunstfleißes. Ist auch viel, unendlich viel, verloren gegangen durch gleichgültige Mißachtung und barbarisches Verfahren, so ist uns doch auch noch sehr Vieles geblieben, der höchsten Beachtung werth.

Auch ferner kann und wird dieser Verein viel dazu beitragen, daß das was glücklicherweise gerettet wurde, auch für die Nachwelt würdig erhalten bleiben mögen.

Wiederholt lege ich es dem Verein an's Herz, die Bemühungen der Stadt zur Herstellung der Kirche bei hoher Staatsregierung kräftig zu unterstützen.

Schon der Kurfürst hatte dazu Versprechen und Zusage gegeben, jetzt stehen wir direct unter der Herrschaft des hohen Hauptes der ganzen deutschen Nation und der große ruhmgekrönte Nachfolger des großen Barbarossa wird gewiß dessen alter Lieblings-Residenz mit kaiserlicher Munificenz das Versprechen erfüllen, welches der vorige Landesherr gemacht hat.

Wie in einem reizenden Garten von lieblichster Umgebung, liegt diese alte Kaiserstadt mit ihren Baudenkmälern der Vorzeit. Der Freund der Kunst und Geschichte findet hier eine reiche Befriedigung, nicht weniger der Freund eines heiteren gemüthlichen Lebens im Genusse der schönsten Natur.

Der gastfreundliche lebenslustige Sinn der Einwohner reicht Allen, die uns zeitlich besuchen oder sich hier niederlassen wollen, mit Herzlichkeit die Hand entgegen.

Gelnhausen ist namentlich für Solche ein besonders geeigneter Ort, welche zurückgezogen von Amt oder Geschäften, sich einen heiteren Lebensabend bilden wollen.

Zwei Eisenbahnlinien bieten überall hin leichte Verbindungen und fehlt es zur Zeit noch an den geeigneten Wohnungen, so fehlt es keineswegs an Leuten, die sie erbauen wollen, sobald sich die Bewohner dazu melden.

Wir dürfen die Hoffnung aussprechen, daß wenn der hessische Verein für Geschichte und Landeskunde wieder einmal seine Jahresversammlung hier stattfinden läßt, wozu wir aufs Freundlichste einladen, daß er dann neben unseren Baudenkmälern aus der Vorzeit eine größer gewordene Zahl von Neubauten finden wird, die in die schöne lachende Gegend schauend den Beweis liefern, daß sich das uralte Gelnhausen in einem mächtigen neuen Fortschritt befindet.

Ich schließe meinen Vortrag mit der Bitte um billige Nachsicht.

Berücksichtigen Sie den guten Willen des Laien, der in bescheidener Weise auch sein Schärflein beitragen wollte zu den Zwecken dieses Vereins.